चाँदनी को छू लिया है

(काव्य संकलन)

अक्षनन्दन मिश्र 'अक्षय'

PUBLICATION

दिल्ली-110089, (भारत)

संस्करण : 2019
ISBN : 978-81-943471-7-0

प्रखर गूँज पब्लिकेशन
एच-3/2, सेक्टर-18, रोहिणी, दिल्ली-110089
दूरभाष : 7982710571, 7838505899, 011-27851059

प्रथम संस्करण : 2019

आवरण : दुर्गाप्रसाद

चाँदनी को छू लिया है

By अक्षनन्दन मिश्र 'अक्षय'

Published by
PRAKHAR GOONJ PUBLICATION
Delhi-110089
E-mail : prakhargoonj@gmail.com
sinha.neelu123@gmail.com
7982710571, 7838505899, 011-27851059

अक्षनन्दन मिश्र 'अक्षय'

जन्म तिथि 13 ए अप्रैल, 1996

जन्म स्थान - सागर, (म.प्र.)

संपर्क : तिलक वार्ड देवरी सागर (म.प्र.)

मोबाइल नंबर : 9589048991

समर्पण

यह पुस्तक समर्पित है।

अपनी उस प्रेमिका को

नहीं जानता जिसे मैं

लेकिन इतना जानता हूँ जरूर,

वह कोई तो थी।

मक्के की यात्रा
हज कर लेने से
सब पार नहीं
हो पाते
या बात खत्म
न हो जाती
जब तक दिल से
उसकी इबादत
नहीं कर लेते
दिल से उसे
न मान लेते
तब तक गंगा स्नान
से भी बात
नहीं बनती
चाहे उसके
सौ-सौ डुबकियाँ
लगाओ।

उससे अनजान होकर
उससे दूर रहकर
वो दीवाना
हो जाता है।

अब आप स्वतंत्र हैं
मुक्त हैं
आकाश में उड़ते हुए
पक्षी की तरह
तुम अब उड़ान दो
अपने सपनों को
महत्वाकांक्षा को,
अम्बीशन को,
किन्तु महत्वाकांक्षा की
पराकाष्ठा भी आपको
कभी खुशी नहीं
पंहुचा सकती।

प्रिय का मुख
देखने का नजारा
अजब होता है
अदभुत होता है
जब प्रिय पास
होता है तो
दुःख-दलिदर
भाग जाते हैं।

मुख आई बात

कहाँ रहती है
होंठो पर आई बात
कहाँ छुपती है
जुबाँ पर आई बात
कहाँ रुकती है
जब से उसने
इश्क का
सबक पढ़ा है
तब से
मंदिर से, मस्जिद से
उसका जी उठ
गया है
जब से उसने
इश्क की
रमज पायी है
उसके अन्दर-बाहर
पवित्र हो गया है
अब वो जिधर भी
देखता है
बस यार ही यार
खुदा ही खुदा
दिखता है
इश्क की कैसी
नई-नई बहार है।

गया जाने से भी
बात नहीं बनती
चाहे कितने ही
पिंड दान करें
बात तब तक
नहीं बनती
जब तक खुद को
लुटाया न जाये
बाँटा न जाये
अहम् को मिटाया
न जाये।

स्त्री के प्रेम में
होने का स्वर्गिक
अनुभव उसे
परोपकारी होने का
भ्रम देता है।

वह मिलता है कब
उसको तो सब
देते ही हैं
तुम क्यों
बार-बार
पुकार करते हो कि
मुझको न मिला
कभी प्यार।

जो हाथ उसके
हाथों में आकर
काँपने लगे
उसे ऐसा साथ
नहीं चाहिए
उसकी राहें
अलग हैं
दुःखो से भरी है
कष्टों से भरी है
उसके साथ रहोगी तो
तकलीफें ही सहनी पड़ेंगी
ज़माने से जाओगी
तुम उसका साथ
नहीं देना
अब तुम जाओ
अपने सपनों की
दुनिया बसाओ।

तुम सोन चाँदी की
छन-छन हो
वो मिटटी का
सौंधापन है
तुम शहर में
पली- बढ़ी
टेढ़े रस्तों
पर चली
वो गाँव का
रचा-बसा
जिसमें गाँव का
फैलापन।

उसे अब सब
रास्ते
एक से लगते हैं
मिलने जाता है
किसी से
मिल आता है
किसी और से।

उसकी नज़र में

इस संसार में
एक ही सत्य है
वो है स्त्री
इस सत्य के
स्पर्श ने
उसके आकर्षण ने
न जाने
कितनों को
वैराग्य से
विरक्त कर दिया
सन्यासी को गृहस्थ
कर दिया
गृहस्थ को सन्यासी
कर दिया
इस सत्य की
उपेक्षा कर कोई
ईश्वरीय सत्य को
प्राप्त नहीं
हो सकता
इस सत्य का
आकर्षण ही
उसका राम
मार्ग है।

नज़र मिलाकर
वो अपनी हँसी
छिपा भी
लेता है
ये इक झलक,
पल-भर का तमाशा
क्या कुछ दिखा
देता है।

चाहे वो कैस हो
कि लैला
हीर हो या
फिर राँझा
इनका एक ही
काम था
इश्क करना
उनके इश्क का
अदना सा छोटा सा
फ़साना है कि
आदमी को
फुरसत थी।

छुरियों और तलवारों
से भी
इश्क के तीर
तीखे हैं
इश्क जैसा कोई
जालिम नहीं है
इस जहिमत को
कोई पीर ही
उठा सकता है
वे-पीर नहीं।

वो उससे जुदा
नहीं है
और बिना उसके
कोई दूसरा
नहीं है
पर यहाँ देखने वाली
आँख भी तो
नहीं हैं।

अब जमाना उल्टा
आ गया है
अब उसने सजन का
अपने प्रिय का
भेद भी जान
लिया है।

प्यारे उसे शोर
अच्छा नहीं लगता
उसका दिल
खुला है
फूलों के
गुच्छों की तरह
बाग़ में
बहारे देखना
सिर्फ इसके सिवा
उसे अब
कुछ नहीं
करना है।

इश्क में
कईयों की खाल
उतार दी गयी
कुछ को आरी से
चिरवा दिया गया
कईयों को पकड़कर
सूली पर
चढ़ा दिया गया
क्या वो भी
शीश कटवाना
चाहता है।

प्यारे संभल के
प्यार करना
नहीं तो बाद में
पछतायेगा
जब प्यार में पड़ेगा
तो रो-रोकर
बेहाल
हो जाएगा
किसी के प्यार में
इश्क में, प्रेम में
आशिक को
तकलीफें ही
सहनी पड़ती है।

एक भी ख्वाब
न हो जिसमें
वो आंखें क्या हैं
वो आंखें हैं
प्यार की आंखे
प्रेम की आंखे
इन मुहब्बत की
आँखों को
अब कोई ख्वाब
सजाने की
आँखों में
बसाने की
चाहत न रही
इन्हें इतना
मिला है
ये आँखे अब
कुछ पाना नहीं चाहतीं
कुछ मांग नहीं करतीं
ये आंखे तो
अब बस
लुटाना जानती हैं
देना, बाँटना
जानती हैं
मांगना नहीं।

वो किसी के लिए
इतना सार्थक
हो गया है
कि कोई उसके लिए
अपना सर्वस्व
अपना जीवन
खोने को राजी है
कोई आंख
उसके आने की
प्रतीक्षा करती है
उससे मिलने को
तत्पर है
वो उसे आतुरता से
देखती है
यही प्रेम का
पवित्र रूप है
यही सच्ची
मोहब्बत है
यही इश्क का
फलसफा है।

वो उनका एहसान
मानता है
उनके लिए कुर्बान
होने को
राजी है
उसने उसे ऐसा
दीवाना बनाया है
कि जिसे वो
देख लेता है
वो भी दीवाना
हो जाता है।

जब लुटाना
सुख
बन जाता है
जब बाँटना
आनंद
बन जाता है
तब जीवन
प्रेम
बन जाता है
और कर्म एक
आध्यात्मिक कर्म
बन जाता है।

जबसे सुना है उसने
वो भी उसे
याद किया
करती है
यह जानकार
बहुत हैरान
है वो।

वो कहता है
उसे पा लेता तो
फिर वो बेताबी कहाँ
मजा तो उनकी
खोज में था
जिंदगी तो वही है
जो उनकी
जुस्तजू में
कट गयी।

जीवन भर जो
जरा-जरा करके
जमा करते रहे
वो क्या जाने
देने में,
बिखरने में
सुकून कितना है।

उसकी मंजिल
करीब आ गयी थी
सो वो अपनी
राह से
गुमराह हो गया।

वो अगर किसी को
आंख भरकर
देख ले
तो फिर कोई
किसी और की
तरफ नहीं
देख सकता
किसी दूसरे की ओर
उसकी नज़रें
नहीं उठ सकती
ऐसा जादू है
उनकी आँखों में।

ज्ञानी लुटना
जानता है
बुद्धिमान बटोरना
जानता है
किन्तु प्रेमी, प्रेम
किसी को
ठगता नहीं हैं
वो तो अपने
आंतरिक बोध से
ठगा जाता है
प्रेम किसी को
लूटता नहीं है
वो तो अपने
अहोभाव से
आनंद भाव से
लुट जाना
चाहता है
मिट जाना
चाहता है।

उसे जब से लगन
लगी है
प्रीति की, प्रेम की
वो तो बस अब
उसी के ख्यालों में,
ख्वाबों में
खोया रहता है
वो अब न तो
जी रहा है
न ही मर
रहा है।

तुम उसकी बात सुनो
उसकी हालत जानो
उसे कभी भी
चैन नहीं है
इश्क सिवा
प्यारे बिन
प्रेम के बिना
पल भी नहीं
झपक पाता है
उसे पलक झपकना भी
रास नहीं आता।

यह प्रेम की आग
उसे जला देगी
उसकी तपन को
कौन दूर करेगा
कौन समझ सकता है
कौन इसका
उपचार करेगा
प्रिय के दर्शन बिन
कौन ठंडक पहुँचायेगा।

प्रेम की
यह कैसी दुविधा
यह कैसी पीड़ा है
जो उसके लिए
बला की तरह
मुसीबत सी
बन गयी है
तुम्हीं इससे उसे
छुटकारा दे
सकती हो
उसके दुःख का
हरण कर
उसे राहत पंहुचा
सकती हो।

उसने पूरी दुनिया
छान मारी है
उसे तुमसे अच्छा
कोई न मिला
तुम ही उसके लिए
सबसे अच्छा
प्रिय हो।

उसे पा लेता तो
आज वो न रहती
जो उसे आज
खुद में
बसा रखा है।

वो देखा करेगी
उसे अपने पास
मिल जाएगी फिर
जीने की
कोई आस।

उसका इन्तजार करना
और उसे
प्रेम की निगाह
से देखना
प्यार और प्यास का
एक सागर
बहा करता था।

खिड़कियों से उसे
निहारा करता था
वो भी इसे
समझा करता था
अब वो चाहता है
उसकी खुशी के लिए
उससे किनारा
कर लें।

काँटों के बीच
रहकर शायद वो
खिल भी जाएँ
अगर उन्हें ढूढ़े तो
वो मिल भी जायें।

वो अपने होश-हवास
उनकी इस बात पर
खो बैठा
कि जब उसने
हँसके कहा
ये है मेरा दीवाना।

उजाले को जैसे
दिये में रोक
लेती है
ऐसे ही वो उसे
रास्ते में रोक
लेती है।

आईना उसे
कैसे देखता
रहता है
उसकी एक
नज़र ने तो
दीवाना बना दिया।

वो उसकी सादगी में
ऐसे फ़ना होना
चाहता है
कि जो इसको
देख ले
उनका दीदार
हो जाये।

प्रेम क्या है

प्रेम का अर्थ
दान है
प्रेम का अर्थ
सेवा है
प्रेम का अर्थ
जीवन का बाटना है
प्रेम का अर्थ
खुद को लुटाना है
प्रेम का अर्थ
परोपकार है
प्रेम का अर्थ
लोगों के जीवन में
कुछ फूल खिल जाये
इसके लिए
प्रयासरत रहना।

स्त्री का काम
प्रेम करना है
स्त्री का काम
दया करना है
स्त्री का काम
मोहित करना है
स्त्री का काम
विरक्त करना है
स्त्री का काम
आभार प्रदर्शन
करना है
स्त्री का काम
उभार प्रदर्शन
करना नही है।

सारी दुनिया

यहाँ के लोग
बेपीर हो जाये,
बेदर्द हो जाये,
बेरहम हो जाये,
बेवफा हो जाये,
मगर वो
हर एक से
वफ़ा करता है
और किसी से
वफ़ा की चाह
नहीं करता
किसी से कोई
अपेक्षा नहीं करता।

वो ढूँढ़ता रहता है
चूड़ी से भरी हुई
कलाई
शादी में बजती हुई
शहनाई
अर्थी को देते हुए
कंधे
निस्वार्थ भाव से
परोपकारी आदमी
वो ढूँढ़ता रहता है।

अब आँखों में
पानी नहीं मिलता
मनुष्यता को
सम्मान नहीं मिलता
घर में
मेहमान नहीं मिलता
बच्चों में
बचपन नहीं मिलता
लड़कियों का दुपट्टा
नहीं मिलता
रसिकों के कान
नहीं मिलते।

प्रेम तो
खुद को
बाँटना है
प्रेम तो सब कुछ
लुटा देना है
मुहब्बत तो सभी को
भागीदार बनाना है।

वो कहता है
धन कमाना पद कमाना
राजपद पर पहुँचना
प्रतिष्ठित हो जाना
बिरला योगी बनना
आदमी भर न बनना
क्योंकि अच्छा आदमी
बन गया तो
फिर ये सब
नहीं बन पायेगा।

उसने प्रेम के
रस को
पी लिया है
इश्क का स्वाद
चख लिया है
अब वो सिर्फ
मुस्कुराता है
गूंगे जैसा हो
गया है
उसे कहने को कुछ
सूझता नहीं है
बोलने को
शब्द नहीं है
वो इतने स्वाद से
भर गया है कि
कहने वाला
बचा नहीं
उसकी मुस्कराहट
समझ लो
तो वही इशारा है।

वो स्त्री अपनी
धूरी पर
घूमती हुयी
उसके जीवन चक्र से
आ टकराई थी
उसके अंधे भोलेपन को
अनुभव की
पकी दृष्टि मिल गयी
बस इतना ही
उनका सम्बन्ध
हो सकता था।

प्रेम तो एक
स्वाद है
प्रेम तो एक
अनुभव है
प्रेम तो एक
विस्तार है
प्रेम तो एक
फैलाव है
प्रेम तो एक
एहसास है।

तुम्हारी निगाह ने
उस बावरे के,
काफ़िर के
दिल के दिये
जलाये हैं
अब वो दुनिया की
महफ़िल में
मोहब्बत की रौशनी
को फैलाता है।

अब तो आंसू भी
अपने हैं
दामन भी
अपना है
दर्द भी
अपना है
मरहम भी
अपना है
सुख भी
अपना है
दुःख भी
अपना है
पराया भी
अपना है।

प्रेम का रास्ता
आंसुओं से भरा है
प्रेम का रास्ता
फूलों से भरा है
प्रेम का रास्ता
खुशियों से भरा है
प्रेम का रास्ता
अदब से भरा है
प्रेम का रास्ता
अल्मास से भरा है
प्रेम का रास्ता
अमन से भरा है
प्रेम का रास्ता
अल्ताफ से भरा है
प्रेम का रास्ता
आजमाइश से भरा है।

ये वृक्ष, ये चाँद
ये तारे, ये हवाएं
ये पहाड़, ये नदियाँ
ये लोग, ये पशु
ये पक्षी, ये अस्तित्व
ये सब उस प्रेमी
के लिए मंदिर हैं
यही उसका कावा है
यही उसकी काशी है
यही उसकी मोहब्बत है
यही उसका प्यार है
यही उसका जीवन है
यही उसकी प्रेमिका है
यही उसकी दुल्हन है।

उसे मिट जाने दो
उसे जल जाने दो
उसे सहारा न दो
उसे रुकने न दो
उसे बह जाने दो
उसे सबमें मिल जाने दो
उसे फूल बन जाने दो
उसे खुशबू लुटाने दो।

तारे निष्प्रयोजन
चमकते हैं
फूल निष्प्रयोजन
खिलते हैं
नदी निष्प्रयोजन
बहती है
आकाश निष्प्रयोजन है
सूरज निष्प्रयोजन
उगता है
जीवन भी
निष्प्रयोजन है
प्रेम भी
निष्प्रयोजन होता है।

प्रेम वो आंखे
दे देता है
सब में उनकी झलक
मिलने लगती है
प्रेम उनके दर्शन का
द्वार है
एक से भी
प्रेम की गहराई
अंततः सब में
फैलने लगती है
तो वह
सच्चे प्रेम को
जी रहा है
प्रेम व्यक्तियों को
पिघला देता है
प्रेम की पीड़ा
का अनुभव
आनंद से भरा है।

प्रेम में
मांगना नहीं होता
मांगने से
मिलता भी नहीं
प्रेम तो देने
से है आता
प्रेम तो बाँटने
से है आता।

उसके पास
नहीं है ज्ञान
नहीं है बुद्धि
हृदय है उसके पास
प्रेम है जिसमें
भाव है जिसमें
जिनसे खिलते हैं
आनंद और आलोक
के फूल
जो नहीं खिल सकते
बुद्धि से, ज्ञान से।

इश्क तो जुलेखा
ने भी
करके देखा था
इसमें आशिक
तड़पता ही है
आखिर लैला के
वियोग में
तकलीफें, दुःख-दर्द मिला
लैला न मिली
तो इस बावरे को
इस प्रेमी को
इश्क में
क्या मिल जायेगा।

इश्क करके एक खुशबू
जरुर मिल जाएगी
प्रेम की, आनंद की
मुस्कान की, चांदनी की
जिसे ज़माने में
बिखरने लगना
बाँटने लगना।

उसे उठते-बैठते
सोते-जागते
बस एक ही
काम है
एक ही स्मरण है
प्रेम का
उसके लिए प्रेम ही
परमात्मा है
श्वास- श्वास में
प्रेम हो
अब उसकी यही एक
प्रार्थना है।

उसके जैसे व्यक्ति
सूली चढ़ने को ही
पैदा होते हैं
वही उसका सिंहासन है
फूल नहीं जब
पत्थर बरसें
तभी उसका काम
हो पाता है
सत्य का, प्रेम का
सदा ही
ऐसा ही
स्वागत होता है।

वो खिड़कियों से
झांकता रहता
है उसे
और दूर बैठा हुआ
लिखता रहता
है उसे
चांदनी का
अहसास
उसके साथ है
याद की यह
सुगंध
उसके साथ है।

वो हमेशा अपने
नशे में
रहता है
अब उसका नशा
उतरता ही
नहीं है
उसे नशा है
प्रेम का
उसे नशा है
इश्क का
उसे नशा है
चाहत का
उसे नशा है
चाँद-तारों का
उसे नशा है
चांदनी का।

प्यास की तकलीफ
से बढ़कर
कोई और तकलीफ
नहीं है
प्यास आँखों की,
प्यास मन की,
प्यास शरीर की,
प्यास प्रिय की,
प्यास मनुष्य को,
पागल कर देती है।

यहाँ के कवि
यहाँ के रसिक शिरोमणि
यहाँ के ज्ञानी
दो ही राग
जानते हैं
युवा अवस्था में
श्रृंगार की सरिता
सरसाते हैं
तो बार्धक्य में
वैराग्य की वैतरणी
बहाते हैं।
वो कहता है
आज जो तुम्हारा
सत्कार कर रही है
वो कल तुम्हें
दुत्कार देगी
यह दुनिया का
दस्तूर है।

उसकी एक ही
खुशी है
बाँटना, लुटाना
उसकी दुल्हन की
एक ही खुशी है
जो सभी स्त्रियों की
होती है
संग्रह करना
जो वह नहीं
कर सकता।

सूली पर चढ़ना

अंधे कुएं में
डाला जाना,
चमड़ी उतरना,
गुलाम की तरह
बाज़ार में नीलाम होना
आदि-आदि
इसलिए प्यार
करने से पहले
सोच-समझ कर
कदम उठाना।

क्या उसने कभी
चेहरे भी
पढ़े हैं
ज्ञान की, किताबों की
बातें तो अक्सर
किया करता है
ज्ञान की बातें करना
बुद्धि का काम है
चेहरे पढ़ना
प्रेम का, हृदय का
काम है।

उसे नहीं जाना जाता
तर्क से, बुद्धि से
ज्ञान से, धन से
पद से, प्रतिष्ठा से
उसे तो
जाना जाता है
हृदय से
जीवन में जो कुछ
बहुमूल्य है
हृदय से आता है
बुद्धि के ऊपर
हृदय की भाषा है
हृदय की भाषा
का नाम
प्रीति है, प्रेम है
उसी का नाम
आनंद है, परमात्मा हैं।

उसके साथ

चाहे कोई छल करे
चाहे कोई बंचना करे
वो किसी को
बेवफा
किसी को
खुदगर्ज
नहीं कहता
उसने प्रेम किया
उसके लिए
यही काफी है
उसे किसी से
प्रत्युत्तर की
कोई अपेक्षा नहीं है।

उसकी रंगत
उसकी सूरत
उसने देख लिया है
पा लिया है
कि आखिर
इश्क में
क्या होता है
उसके लिए विरह में
पीड़ा के साथ-साथ
दर्द के साथ-साथ
आनंद भी है
पीड़ा भी आनंद है
प्रेम की पीड़ा
से बड़ा
प्रेम के दर्द
से गहरा
आनंद और क्या
हो सकता है
प्रेम की पीड़ा
से गुजर कर ही
सारा व्यक्तित्व,
सम्पूर्ण जीवन
कुंदन हो जाता है
अल्मास हो जाता है।

उसके छूने के बाद
न जाने उसे
क्या हुआ
उसके हाथ
बहुत देर तक
कांपते रहे।

अब तो उसके
ख़्यालों में है
तो याद कर
लेता है
ख़्वाबों में है तो
महसूस कर
लेता है।

उसने अब जो सबसे
प्रीति जोड़ ली है
अब वो टूटने वाली
नहीं है
और वो उसी का
हो गया है
जो कभी उसका
न हो सका।

प्यास के कारण कोई
टूटता है
प्यास के कारण कोई
जुड़ता है
प्यास के कारण कोई
ऊँचा उठता है
प्यास के कारण कोई
पतित होता है।

देवता लोग अपनी कामनाओं
को पूरा
छल से करते थे
राजनीति से करते थे
असुर अपनी इच्छापूर्ति
लड़कर करते थे
संघर्ष करके करते थे
दैत्य बल से
जीतते थे
देवता छल से जीतते थे।

जिनके पास
प्रेम न हो
वे ही
अनपढ़ है
प्रेम से बड़ा कोई
ज्ञान नहीं है।

वो अपने एक
अलौकिक प्रेम को
जागता हुआ
बहता हुआ
अनुभव करता है
जो उसे सौन्दर्य से
शांति से, संगीत से
करुणा से, काव्य से
दया से, दान से
भर देता है।

वो अपने अनुभव से
कहता है
अपने अंतर-बोध से
बोलता है।
रहता है जो देवता
जितने ऊँचे
स्वर्ग में
होती है उसकी
करतूते उतनी
नीचतापूर्ण।

जले मन तेरा भी
बड़ा पछताएगी
मेरा इंतकाम देखेगी
प्रेम और बदले
की भावना
प्रेम और नफ़रत
प्रेम और ईर्ष्या
प्रेम और क्रोध
प्रेम और बददुआ
प्रेम के साथ
ये सब
हो ही नहीं सकते।

धन का दान
करने वाले को
वो दानी नहीं कहता
उसकी नज़र में
धन का दान
क्षुद्र दान है
कंकड़-पत्थर
का दान है
ज्ञान का दान
करने वाले को
वो दानी नहीं कहता
यह तो बुद्धि का
दान है
वो उसे दानी
कहता है
जिसने अपना प्रेम दिया
जिसने अपना जीवन दिया
जिसने अपनी सहानुभूति दी
जिसने अपनी करुणा दी
जिसने अपनी मंगल-कामना दी
जिसने अपनी मुस्कुराहट दी
वो उसे दानी कहता है।

प्रेम तो चन्दन है
उसकी सुगंध
जहाँ- जहाँ जाएगी
क्रोध का, नफरत का,
ईर्ष्या का, जलन का
बेवफाई का ताप
शांत होता जायेगा।

उनसे मिलकर कुछ
कहा नहीं जाता
और कहे बिना
रहा नहीं जाता
वो प्रेम में बेसुध
हो गया है
उसने खुद को भुला
दिया है
अब उसे इश्क
के सिवा
कुछ नज़र
नहीं आता
रास नहीं आता
समझ नहीं आता।

आकाश में चाँद उगे
तब उसे एकटक
निहारता रहता है वो
जब भोर का
सूर्य जगता है
तब पृथ्वी पर
सिर टेक
उसका स्वागत
करता है वो
जब वृक्षों पर फूल
खिलते हैं
फूल बनकर
हवा के झोंको में
उनके साथ
नाचता है वो।

जब भी वो उनसे
मिलता है
वो चुप ही
रहता है
उन आँखों को
देखता रहता है वो
बिना बोले ही
उनकी आँखे सब कह
देती हैं
जब वो बुलाता है
तो ऐसे ही
पुकारता है।

वो उनके साथ
प्रेम के, आनंद के
पल बिताता है
वो कभी उसको
सहलाता है
तो कभी उससे
गले मिलता है
तो कभी उससे बातें
करता है
तो कभी उसको
सुनता है
वो उनके निकट बैठकर
उनसे टिक कर
प्रेम का अनुभव
करता है
ऐसा प्रेम है उसका
प्रेंति के साथ।

जो चटनी-रोटी पे
जी पाओ
तब तो जाओ तुम
उसके पास
कि उसके खेत में
सोना नहीं निकलता।

इश्क की खुशबू
प्रेम की खुशबू
फूल बनकर
महकाती है
ज्योति बनकर
प्रकाश करती है
तो दान बनकर
सेवा करती है।

उन्होंने सुना है जबसे
अदब, विनम्रता
इश्क से निखरता है
प्रेम से महकता है
अब वो भी
आशिकी में
खुद को आजमाने
लग गए हैं।

प्रिय की सलाह
के बिना
बेहतर है चल देना
कभी तो कोई
दूसरा सियाना मिलेगा।

प्रेम का अमृत
बरसा है
जिनके जीवन में
फिर उनके जीवन में
धन की
दीवानगी नहीं होती।

वो जिसे हुस्न से
कोई मतलब
नहीं है
इश्क से कोई
सरोकार
नहीं है
उसे वो आदमी बहुत
बद-नसीब लगता है।

जिसे धन की
प्यास हो
जिसे पद की
प्यास हो
जिसे यश की
प्यास हो
तो ज्ञान के रास्ते पर
बुद्धि के रास्ते पर
चल देना
यहाँ धन, पद, यश,
सब मिल जायेगा
लेकिन जिसे
जीवन की
प्यास हो
जिसे आनंद की
प्यास हो
तो प्रेम के रास्ते पर
चल देना
हृदय के रास्ते पर
चले जाना।

प्रेम है
जिनके जीवन में
वह लुटाने का मजा
जानता है
बाँटने का मजा
जानता है
उसकी खुशी ही
उसका आनंद ही
सेवा में है
दान में है
लुटाने में है
जिनके जीवन में
प्रेम का अमृत
नहीं बरसता
उनकी एक ही
खुशी है
इकट्ठा करना, संग्रह करना।

वो अपना सब कुछ
खोने को राजी है
उसके लिए खोना ही
जीवन है
लुटाना ही
अमृत है
बचाना ही
विष है
उसके लिए
बहने में अमरत्व है
ठहर जाने में
जहर है
बहने में महाजीवन है
ठहर जाने में
मृत्यु है।

जब उसकी आँखों से
अश्क बहते थे
अश्कों के तूफ़ान
मचलते थे
वो ज़माना भी उसने
हंस-हंस के
गुजारा है
सौ जुल्म किये
उसने कुछ भी
न कहा
वो अपना प्रेम
बरसाता रहा।

प्रेम को आवश्यकता नहीं
किसी आश्रय की
यही प्रेम का
सौंदर्य है
प्रेम का आनंद
बिना किसी स्वार्थ के
बाँटने में है
लुटाने में है।

जहाँ कोई न
किसी का दास
जहाँ कोई न
किसी का नाथ
चलो, चलकर बैठे
उस ठौर
बिछी जिस थल
मखमल-सी घास।

प्रिये, आ बैठो
उसके पास
सुनो मत
क्या कहते विद्वान
सुमन जो आज
गया है सूख,
सकेगा वह न
कभी फिर फूल।

न पूछा, फेंक
दिया इस ओर
उसे समझा
इतना निरुपाय
न पूछा, खींच
लिया उस ओर
बड़ा यह तो
उस पर अन्याय।

यह सारे प्रयत्न
व्यर्थ हैं
यह सारे विवाद
व्यर्थ है
यह सारी खोज
अनंत है, व्यर्थ है
यह उन्हें केवल
अवसाद देगी
सुनो, जीवन-उपवन
के बीच
मधुर फल केवल
प्रेम का फल है।

उसने दर्शनों का
सिद्धांत सीखा
गणित विद्या सीखी
ज्योतिष विद्या सीखी
मस्तिष्क खपाया
जड़-जीवों का
ज्ञान बढ़ाया
मगर सब ज्ञान
छिछले, उथले, क्षीण
मिला बस गहरा एक
प्रेम का प्याला।

न उसको विद्वानों
से काम
व्यर्थ सब जिनके
वाद-विवाद
न जग के झगड़ो
की परवाह
निरर्थक जिनकी
रखनी याद
चलो जग-कोलाहल
से दूर
करें एकांत निवास।

बनाया चतुराई
के साथ
उसे जिसने सांचे
में ढाल
वही क्या फिर से
उसे तोड़
तुच्छ मिट्टी में
देगा डाल।

प्रेम तो हृदय को
आनंद से
भर देता है
उसने धन की
चाह में
पद की चाह में
प्रेम से,
इश्क से वैराग
लिया है
तो अब उसका
जर्रा-जर्रा
काँप रहा है
वो रोकर खामोश
हो जाता है।

किसी ने पूछा
तुलसी को
क्यों गाई तुमने
राम कथा
तुलसी ने कहा
स्वान्तः सुखाय
कुछ पाने के
लिए नहीं
गाने में आनंद आया
सुनाने में आनंद आया।

प्रेम का छोटा सा
फ़साना है
अगर सिर्फ स्त्री पर
सिमटकर रह
गए तो
आशिक कहे जाओगे
लेकिन उससे मिले
प्रेम के अनुभव को
फैला दिया तो
प्रेम को, मुहब्बत को
लुटाने लगोगे।

सुना है मैंने
कई दिनों से तुम
परेशां हो
किसी ख्याल में
हर वक्त
खोयी रहती हो
गली में जाती हो
जाते ही लौट आती हो
कहीं की चीज कही रख के
भूल जाती हो
मसाला पीसकर सिल यूँ ही
छोड़ देती हो
यकीन मानो
बहुत दूर भी नहीं वो घड़ी
हर इक फ़साना
बदल चुका होगा
तुम्हारे जिस्म का सूरज
पिघल चुका होगा।

वो वहां
गया था
सारे, जहाँ जाते हैं
कहकहे उसके अभी तक
फूलों की तरह
बिखरे पड़े हैं
मुद्दतों से वो
भटकता फिर रहा है
किससे पूँछू
वो कहाँ है
अब तुम्हारी
याद भी शायद
न उसको
न ढूढ़ पाए
वो आया था।

उर्वशी - पुरुरवा की प्रेमिका

प्रेम करने के
लिए नहीं
ये अप्सराएं
प्रेम का स्वांग
करने के लिए
जन्मी है

ये चाहे स्वर्ग
में हो या
धरती पर
चाहते हुए भी
प्रेम का अंकुर
नहीं पनपने देती
अपने हृदय में

प्रलोभन की मणि
स्वर्ण नहीं बाँध पाते
इन्हें किसी पाश में

ज्ञानी और गुणीजन इनसे
प्रेम नहीं
इनका भोग करते हैं

इन्हें अपना बनाये
रखने के लिए
यज्ञ करो या

तपस्या
हमेशा के लिए
ये किसी की
नहीं होने वाली।

मोहिनी - विष्णु का स्त्री रूप

अंततः अपना मंतव्य
हासिल करने के लिए
इंद्र के स्तर पर
उतरना पड़ा आपको।

इस खेल में तो
इंद्र की
मोहिरी थी
जब कोई घोर
तपस्या
सिंहासन हिलाने लगती
वह एक अप्सरा
भेजकर
उस चुनौती को कर
देता ख़त्म।

प्राप्त करने के
लिए अमृत
क्या ये उपाय
इंद्र ने सुझाया आपको
जिसके चलते स्त्री रूप
धारित किया आपने।

छल से इच्छित
हासिल करने के लिए
एक स्त्री की ओट
लेने के अलावा
और कुछ नहीं
सूझा आपको।

क्या अपना सुदर्शन
कहीं रखकर
भूल गए थे आप
क्या स्त्री-सौन्दर्य
सुदर्शन से अधिक
धारदार हैं।

भानुमती-दुर्योधन की पत्नी

वह अकेले में
खुद से पूछती
कौन रूपगर्विणी
कुरु राज्य की
महारानी नहीं होना चाहेगी
वह खुद से कहती
कितना भी झुठला
लो भानुमती
सच तो यह है
कि तुम्हारी नज़र तो
दुर्योधन के पीछे खड़े
कर्ण पर
रह गयी थी टिककर
यदि दुर्योधन ने लपककर
हर न लिया
होता उसे
तो उसके हाथों की
वरमाला
गले में होती
कर्ण के।

www.ingramcontent.com/pod-product-compliance
Ingram Content Group UK Ltd.
Pitfield, Milton Keynes, MK11 3LW, UK
UKHW021311160826
14477UKWH00023B/375